U0501420

十甘庵山

牧斯 著

江西文化艺术基金资助项目

长江出版传媒

长江文艺出版社

图书在版编目（CIP）数据

十甘庵山 / 牧斯著. -- 武汉 ：长江文艺出版社，
2024.4
ISBN 978-7-5702-3333-5

Ⅰ. ①十⋯ Ⅱ. ①牧⋯ Ⅲ. ①诗集－中国－当代
Ⅳ. ①I227

中国国家版本馆 CIP 数据核字（2023）第 186854 号

十甘庵山
SHI GAN AN SHAN

责任编辑：谈　骁　　　　　　　　责任校对：毛季慧

封面设计：璞　闻　　　　　　　　责任印制：邱　莉　　王光兴

出版：长江出版传媒 | 长江文艺出版社

地址：武汉市雄楚大街 268 号　　　　邮编：430070

发行：长江文艺出版社

http://www.cjlap.com

印刷：湖北恒泰印务有限公司

开本：880 毫米×1230 毫米　　　1/32　　　印张：4.75

版次：2024 年 4 月第 1 版　　　　　2024 年 4 月第 1 次印刷

行数：2840 行

定价：58.00 元

牧 斯

1971年生，本名花海波。中国作家协会会员。

著有诗集《十甘庵山》《泊可诗》《作品中的人》。

曾获第五届江南诗歌奖，第一届、第三届江西省谷雨文学奖等奖项。

现居南昌。

目　录

辑 一

就在这山谷里

就在这山谷里，这田垄上，这陡坡上，

不幸和恐惧之间。

一只锦鸡飞来，抓住崖壁上的青藤，

看了一眼没人反应后，

跃入栗树林……吴道子笔下的老者

在打苎麻。

听不见他的声音。

听不见他与苎麻交流的声音，

更看不见他的影子。

曾经，我看见父亲的影子，

父亲兄弟的影子以及我们的影子，

在这陡坡上，这田垄上，这山谷间。

在这里劳作一上午就是一生，三生。

怎么也看不见他与他们的影子。

全是息壤的后代，树木的后代，①

石头的后代，路的后代和房屋的后代。

河流是河流的后代，

我每天在那里濯足。

———————

　　①　息壤，传说可以无限生长的土地之神。

劳作之余在那里濯足，我想
先人们是怎样在这里劳作的，他们
绝望到什么程度而不现身。

十甘庵山乡

要进入十甘庵
就要先混熟这里的鬼儿。
金莺鸟不要，它尽可在林子里歌唱，
金楠木不要，它可在山谷里长大成名。
如果你要进入十甘庵——
岩石下的山鬼会看着你，
密林中的吊死鬼会看着你，
丁字路口的大墓会翘首看着你，
当然，大樟树下的社神也会看着你。
你要学会与鬼儿交谈，给它们交费，
或者神游到一丛紫竹后面，同未出生的人
对上暗号，说一段云里雾里却智慧的话。
这里的鬼儿偏好听混乱却智慧的话，
（它们如诗人般一晚揣摩两本诗集）
它们通常都听得抓耳挠腮肚皮发白，
它们会告诉你这里的常识——
对死去的人尊重，对未知的事物和未来
对山谷里的针叶、碧露和苍狗懂得赏识。
细细地体会它们，领悟它们，
那里面有一切的玄机，命的大道。
也许其他地方不一样，但这里，

这里的鬼儿觉得这儿不一样。它们守护着它们。

就像黄蜂守护圆形蜂丘，如果要去，

就需要同它们混熟成为它们中的一员。

立必公

他喜欢拉二胡。
那空寂的夜他拉出
怎样的惨痛？
那 V 形黑寂的山谷
谁能倾听？两旁
明清时的墓碑竖起了耳朵。

他在财主家打工，
有一身打苎麻的好手艺。
他是怎样做完事后回家
安排自家活儿的？
纷乱槭树下，他快速收槭，
惨淡月光下他快速收完一块麦地。

实际上，他做事又笨又慢，
两头挨骂。躬身水田的样子
也粗鄙。
别人骂他像烂树苑。
他斫坡时一棵棵地斫，
留下脑门般的茬。
不晓得他的恐惧在哪里。

三间土屋，在老庙的遗址上。
就像有阴鬼暗暗地闪，
走进去。太平军时期用过的兵器
再也没人摆弄。
甚至再也没人拿得起
那青龙偃月刀，以及三爷的剑。

呜呀、呜呀，弦断
如乌鸦，从大山深处扑散开来。
从他的命运里。他鲜有时间
坐下来，周边黑如灰土，
如黑妖。
他的事密如针脚，他的音符
凄凄切切，犹如阿炳的某个兄弟。

再记德叔

清晨的杉针锐利而坚挺，
徐徐将夏布一样的风儿划破；
这座山上葬着他的三个儿女，
不见得是，命运对他的捉弄，
带甜味的泥，泥鳅一样嫩滑。

仿佛养儿女，是种有趣的体力活，
（且是不怎么灵光却有期待的儿女）
养到一定年纪，然后将他们埋掉，
每一个都养到如花的年龄，男的
养到如虎的年岁，最后也将他们埋了。

又不经历深仇大恨，又无深重灾难，
就像是大山需要你贡献，过几年，
又点到你家了，你不能违抗——
"如果要茶树叶，每年都可送回几担，
如果是要日月，你愿意睡在那里不出来。"

他将自己的儿女像下红薯一样，
下到地里；后边那棵杂树下还有他的夫人。
坟像装饰品，不代表死者活的意义，

山中的树我猜也不是想汲取养料，
虽然它们那么肃静，那么壮实……

这一天，他又把自己的小儿子拎来，
白白的棺木像一只弯弯的土狗虫，
一些泥土被侥幸翻出来，新鲜得吓人。
他倒是洁清了，孤自一人，像得道高人，
世间，哪怕至亲儿女，均为身外之聘！

庙下和

在我家的后山，
有几块墓碑一样的石头。
每到春天，就会神奇地松软，
旁边几棵檫树异常地茂盛，
我们顺着石块往下爬，
发现一个小庙，是社神住的。

——是我们搭的。每年春天
我们都会跑到那儿去玩，
搭新的小房子。给土地公、
给观音和本地的一个神做住的；
无序的文字顺着石块的皱褶爬行，
不知我们的学识能否让他们看懂。

这些神住在一起，
不知是否有个邻里往来、互通消息？
每当我们村里有事，就有人上去叩拜，
我祖母、我母亲、我姐姐都这样做过。
虽然时代在变，哭的方式在变……
祖母还说孙子"干了一件好事"。

听说有一个神喜欢弓箭，我们
就做了一张微型的小弓放在那里；
听说有一个神喜欢荷叶，
我们就将泥巴捏成荷叶的样子。
（也不见他们真正用，日子一长
纸就发白，材质的缺点就露出来了）

还是有人用的，恍惚的人坚信这一点；
还是有神在的，笃信不疑的老人们说。
有的人宁肯拆掉自己的房子重建
也要兑现在小庙前的那句诺言。
有人灾祸连年，有人祸不单行，
也不怪那座小庙。我叔叔也没怪。

小 叔

我很少着墨的小叔，
渐渐适应丧失爱女的清苦；
将一个孙子带得眉清目秀，
已能辨识这山间的樱桃了。

还记得他在大队表演枪法的日子，
从山的这边，打到山的那头；
刚复员的他，赢得多少姑娘的芳心，
最美的一个，现在跟着他摩挲。

他把房子，建到了岩石的边上，
两旁尽是梨树、李树，伸手
就能摘到大把的黄花；亲切可爱的
大黄花，拥堵着他家的小径。

原先的方脚闺女，现在银丝白发；
糟老婆子似的，哽咽不出话来。
我喝到了她家的薄汤寡水……
有那么一分清澈，那么一分甘甜。

已经不再询问山间的生活了。他那

十三岁就出去做工不再回来的爱女，

是死是活没有音讯的爱女，我，

他们，唯存影像仿佛等待奇迹。

清明十甘图

王沙冲的页岩上，
有许多褪了颜色的画。
多半是男女媾合之事，
也有画老道的，妖精一样，
我不晓得它们存在了多久。

石银泉一个老和尚的墓，
砖居然是彩色的。
也不晓得他为什么葬在这里。
现在是一个菩萨庙，
泥菩萨，非常灵的。

后山——是族上先人
的遗址，他们开石太辛苦了。
二十吨的大青石，没磨掉什么。
我们搬下来有三代，
只在种菜时，上去看看他们。

老祠堂里有一间私塾，
神龛都上了蜘蛛网；
还有许多朽犁、朽箱子、龙杠。

小时候对龙杠又喜又恨，
恨的是一下来就要扛死人。

绵延几十里的青山
水蛭一样，吸在馒头上。
我们做假房子在山腰，
造假水渠——流进村子。
我们在一座山中猫一上午。

——找活的手艺人，
卖拨浪鼓和补锅的人叫声不一样。
补锅的会拖长音，来得勤，我们爱听；
做大木的和补碗的来得少，
我们爱等他们来，看神秘。

武家芳里有一个洞，
土匪来时我们在那里躲了十几天。
洞中有石桌、石椅、石床，
据说我武秀才的曾祖父，
在那里比武打死一个贩盐的广东人。

满山都是油茶树，死了的
如火烈鸟；歪嘴里的榨油机
力大如牛，体态如棺材（喝油如喝水）。
满山都是樟树、栗树……
锯成的木板，打成课桌，打成船。

双　桥

穿解放鞋过双桥。

烂斗笠、旧箩筐、金枇杷也过双桥。

红杨梅也过双桥，

嫩黄瓜、青辣椒也过双桥。

大巴、黄牛、灰尘

也过双桥。

不过双桥就抵达不了。

过双桥需要挤、靠和冲上去……

到了中心又分散出去。

走不了就住在桥头旅社，

黑漆漆，看不清谁是谁。

什么都未确定，双桥

是确定的。

双桥下的蓝天、鳜鱼是确定的，

蓝天是从我们那儿飘过来的，

青山、河水、鱼……

都是从我们那儿流过来的。

它们在下面过双桥。

仿佛走不尽，看不完。新事物

在浮雕上。

石头的纹理里。

然而我使用的

仍是边缘知识。

人的一生，永远在外围。

双桥要消失，

怎么挽留

都在外围。

外围挺好。

清明诗

你能知道，我们向下挖掘，
他们挖掘我家的祖坟，
我还以为我们挖掘诗，
我还以为他们挖掘武林秘笈。
但他们处理掉墓花，挖出一个棺材形的坑，
推倒墓碑，我一向形容模糊的名字，
我家族的一个武秀才，他没有财产，
也许只有两把刀，在肯塘村
砍斩两根手指的刀，在广东
挑死一个武状元的剑。它吸阴阳
两百年；被后辈敬仰，长满蒿草；
无论是卑微的还是有身份的后辈
都往上面培土；终究，小山一样。
终究，明白一些事理；人们在艰困时
求它一些道理。它雄姿勃发——
它醒着，在我们那儿的魔咒中。
在我们那些催生催死催好运的仪式中。
我辈看得悲切，我母亲看得晕倒，
我父亲艰难地竖起墓碑，七十多岁的他们
仿佛重新安葬一次。春风煦暖，
万物凛冽。我不想诅咒那些人不好，

我也不想认为我们家从此运气不佳，

如果，它们还算是我写作的仙气。

为父亲 11 月 10 日离家出走而作

父亲在苦撑，独守
在雨林或整夜灰色的寒噤中。
父亲像只无家可归的小狗儿，
在冰冷的柴草中绝望地望着晕眼的天光。

以前，还会自己给自己挖眼①。
这一次他自己将自己放逐。
抛开放浪作恶的妻子，叮嘱儿子：
"永远不要回来。"这作恶的十甘庵山乡。

但是，我，作为儿子，也知道母亲的不易。
花季少女下嫁贫族花氏，里外张罗得靠人情，
有一会我甚至想似话剧演员那样下跪深情张望，
说："这才是我们所说的人生。"

"正因为有不羁、不合，才会有风浪。"
才会有我们。父亲说他忍耐了一辈子。
不是为了这个家族早就一拍两散。
他说的是花氏，在十甘庵八百年仍是一根小苗。

————————

　　①　挖眼，即挖墓穴。

斫楠木

这几天父亲总催我
上山斫木。
斫那种巨大阔叶的楠木。
话中有话似的，他看着我，
清瘦中有一份往昔的强健。
他叮嘱我要斫社神住下的那棵，
王塘布的可以做棺材顶儿。
风华绰约山林中波涛阵阵，
尽是我，和我父亲的影子。
有些是经父亲拔擢才长大的。
有些树心安理得，看见我来，
不认为是把它们斫下，而是
将它们的老朋友，邀在一起。

并不是

他们放哀乐，

在山川里走。

引得一排排杉树，竖起了针刺。

路上的黄泥巴，盘算着，这一次

是否轮到自己？

山上的大桐花、玉兰花，赶紧谢——

霸在路边的竹子

知道了，要被斫了。

从小悲观从不积极的小灌木，愁眉不展。

乌鸦也学会了苦难，并不聒噪地

泊在枯枝上。

大伙都想弄清，是怎么回事。

预判可能的方案——

这一次，并不是。

只是我叔叔（德叔和会财），没有事

疯癫地在山间播放这哀乐，

他们两人性格出奇地相似。

没有底

父亲说，死后要埋在光家山坳背。
那里有九重山，能看见很好的地方。
上山摘茶果时，父亲有意无意，指远方；
我在茶树上，父亲说，我们的先人
在狭小的山坳中，一辈子无大境界。
做屋竖大门架，看左右，都无好风水。
他说死后要埋在光家山坳背，
那里有好风景，千张山，万丈仞；
那里有好功德，福天下，泽儿女。
但那里的路不好走，扛一副棺材
上去不知有多艰险。
我脑海里尽是扛棺的影子。没有底。

辑 二

鸡的事

鸡找吃的就是找细节，

它们可能比我更熟悉十甘庵。

我的意思是它们会钻进草丛里、荆蓬里，会看清里面每一

　　根草茎的细腿。

会啄入泥土，会啄开没有啄开的东西。

会十几只鸡聚在一起

躲雨或晒太阳。

它们聚在一起的地方是它们耙光的地方。

它们会去陡墈上，会去臭水沟里，

这里面的细节我们是不熟悉的。

它们没有愤怒，没有嫉妒和恨，

躲在不为人知或不明显的地方，

追它们只是老实地咯咯叫，

要杀便杀，从不反抗，

但它们比我们更熟悉我们居住的地方。

鸟的事

各种看不见的鸟、不知名字的鸟，

它们躲藏在树叶之后；

鹧鸪、噪鹛、黑翅鸢、伯劳、柳莺、雨燕、灰雀……

它们在树叶之前。

十甘庵的鸟又比十甘庵的鸡更了解十甘庵，

因为它们飞行在更细的

由枝蔓构建的空间中。

或许会看看我们，但并不认可我们的生活，

对我们的痛苦免疫。

它们拥有更细致的生活，拥有自己的语言，

并且拥有上帝视角——

由此，它们看见的都是顶端的事物，

努力之后的事物（如树之芯）。

早前，只有它们，拥有解释权。

早前，是指

十甘庵的人拥有想象力

和思考力之前。

牛的事

牛嘛，就是耕田，就是呼呼地吃草，

它能去深涧中，它不怕坟穴，

那里有更嫩的茅草。

你疑问它也会凝神看你，但嘴不停。

就在它快要收工的时候，又有几根竹子

架在它肩上。

我不晓得它在牛栏里想些什么，

我在我自家的床上觉得很艰苦。

很冷，冬天没有被子，觉得十甘庵是圆的。

那时感觉牛出去（逃走）就是给圆画切线。

牛耕完了十甘庵所有的地，

牛晓得哪家跟哪家关系好，

知道哪里有好水，

更懂得季节，人要做什么事，

不是推辞，是紧跟而上。

人繁衍，它也繁衍，

一代紧接一代。

所以，什么事都是有传承的。比如

犁地，它会亲手教会小牛崽。

猪的事

这么脏，这么白，
每天让我打猪草，每天让我切猪草、让我煮猪草。
它们可能不了解十甘庵，
但它们可会聆听十甘庵，
在一块小的地方，听人走过，
听花开，听鸟鸣，
后又听开放，听我走了，又听我回来了。
听十甘庵繁花如盛，听十甘庵雪夜如旧。
母亲说猪实际上很爱干净，
若有机会，会变得像体贴的美女。
但这怎么可能，猪便是猪
固定了它们的命运，
很多方面没有使用过也没有想象过，或许
它们想象过了我们不知道。
就像我们也想象过很多人不知道，
没人知道更没有实现。
没实现的事情算什么事情?
因此挨一刀，反倒给别人快乐。

猫的事

猫很神秘，警惕于每一样事物。

我写诗应该请它来。

能聆听到声音之外的声音，

也就是三界之外的事情，

它知晓但并不转告。

栗色眼睛暗示，但我们没能理解。

分切时间，分切时间的时候是否眼前一黑？

这是猫最痛苦的时候，

也是人间阳性最盛的时候。

到了夜晚，就秘密出境，

它知道哪里是十甘庵人最不了解的地方。

它追踪神秘的力量，神秘的力量也依附于它。

当无穷长出芽来，它去了；

当彼岸花长出草来，它吃了几口。

即使千年国事，万年命运，

它也偷来听——

遥想那一年，它替人改命

使得满朝文武倒在血泊之中。

只有诗人明白最终的底牌，

今天的诗人也紧握这张底牌。

丝茅的事

我就问，这蓬丝茅与那蓬丝茅长得这么好看，

它们之间的关系是什么？

像极了文中未捋直、没写好的句子。

但有这么多没写好的句子？

这蓬丝茅紧傍荆棘，那蓬丝茅出岫乱石。

在十甘庵山地上，无序又似略有规律。

我还没有理出它们的规律，

我的诗句没有找到语言。

不过，丝茅中能藏鸡

是事实，能藏穿山甲、能藏鞋是事实。

丝茅下的幽暗与无尽

是事实。与其他植物混生，在小灌木

没长大的时候占优势。

丝茅尤其茂密的时候，不是好事，

秋风一过，看见凄凉晚景，

经此一役，余生全都枯萎变黄。

砂粒的事

其实我还有一首《砂粒的事》，也就是砂粒
像幽暗的小方块铺满十甘庵的各个角落。
这些砂粒在腐朽之上，树叶之下，
新生与衰败共存。
蚯蚓和虫子互吃或被别人吃。
这个位置就像地球上的平流层、土星上的环，
我怎么耙树叶，也有砂粒带进来，
或我怎么耙砂粒，也不断有树叶带进来。
砂粒像摩斯密码，能适应陆地任何表面，
连同植被，它们像十甘庵
在敷面膜，里面有无穷的十甘庵。
它们夹在生存与死亡之间，
就像某种布施
譬如日光形成的脱粒，
譬如人的恩泽，人与万物沟通后
形成的汗粒。

天的事

天像飞机座舱玻璃
卡在不可能挣脱的山谷间。
草木昏沉，天一点点渗入，
就像医生打错了药水。
水田，不能说是天的一片，
水塘，也不能说是某某的眼泪。
明亮的东西在正义的风尚中行进，
你穿戴雨衣下地
侥幸看清地里的宝贝。
鱼是透明的，
地瓜也是透明的。
智慧的都是透明的。
并不透明的，被赋予透明。
这是观念里的沉静，
以及没有功业的操持。
十甘庵的山川最能理解这一点，
因为即便如此
也万木同春；
最撕心裂肺，也会不喊破它。

夜的事

这才是天大的事，成吨的，恐惧，仿佛活在海底深渊。
窗户也推不开，
想象也飞不动，
就像有石门压着。
就像困在患有癌症的古老洞穴里，
直肠癌，淋巴癌，里面没有光亮。
哭泣也会结为石瘤，
佛，也如事物一样淹没不见。
你只能沿着一条记忆的小径
踢海洋的底部。
不，是人的底部，人有底部吗？
即使有虫鸣，
也会很快被嵌进奥尔特云中。
我，绝不敢在午夜起来上茅房，如果，万一
那也是琥珀色的银河才被刨开，
成吨的蜜汁，
香喷但不知如何能饮。

石的事

现实版愚公移山，现实版西西弗斯搬石，

也就是远古的开山凿地，

就在我家对门，一座大山被削一半，

但不知石哪里去了。

只剩石的虚空和凿痕。

没有遗址和传说，而今是

气脉通了，水流通了。

父亲

只顾在山下种地。

没有追问，更早的人也只在山下种地；

没有溯源，

这里只留下二郎神般劈山的痕迹。

种豆长草，那又怎样。

小时候听德叔讲蛇吞象的故事时，

脑子里会不由自主借它

做现实喻体。因为

它像呀。也就是说当讲一件虚幻的事，

飞鸟从那里穿过，或在那里种地，

实际上是在石中穿过和在石中种地。

在别人那里有实证而听者

只能从自己的经验中抽取对象时，

我选择了眼前虚空和丢失的石，

它们大规模翻滚的场景

肯定发生过。不论归类

到哪个神话，想必都有共同精神。

想想，

我竟然在"浩大"下工作过。

花的事

没人在意，没时间在意，

低头巡视又满眼都是。

十甘庵实际上缀在一张花毯上。

每月都有不同的。

灼灼其华，有些许给了娘子。

有些花就在山墙上，一朵、两朵、三朵，

海棠是一树树的粉红，

枝条像一首诗的一个个句型；

前天讨论的花朵是词语，产生词语诗意，

枝条是诗的句型，为句型诗意，

而整树海棠，被陈述后

是事实诗意。

现在看过去，晴川历历，

花朵精密似紧致的红唇。

花茎弯曲以多枝

表现花的各个时态。

棠叶尖而似蝶，

如灭绝已久欲飞的梁祝凤尾蝶！

还有什么不能飞起来，我扛着犁耙，

我和我父亲扛着犁耙，

像一切没有发生一样经过苜蓿花下，

经过梨花前，没有想到好句子，

有瓣叶落下就让它们肥田吧，

若花影塑阴，就引一份清凉。

若要真的讨论此事，

廓清花与美，

就用那三个"诗意"发明吧。

油茶树的事

僻静处，两棵油茶树静立。

它们在山谷里静静地盯着十甘庵。

空气细若游丝，

青年枝条俊美上挺。

薄雾的中空处，是空间与物质交互

对话的地方，

是美学及观念生发的地方。

齿状叶片轮廓上的光

直接用白颜料。

其他地方用青绿、墨绿、靛蓝、赭石和铁黑，

赭色可大胆地用，在底部、中部及最上面

都可用，光在最表面。

树下的小草

单纯地跳跃。

远一点的油茶树

就像近一点的油茶树的跃动；'

或远一点的油茶树就是近一点的油茶树的跃动。

它们在一条干涸河流的两边。

墈的事

一面羊肠小道上的墈，
没有重点，没有主题，
只有诸草与百藓。
只有蕨类、丝茅、石姜、石兰、麦冬和酢浆草，
它们一株或一组地附着在负角度的石墈上。
傲然独立或开着管状的小黄花。
灌木的幼体都很少。
它们虽然矮小，却有无限的丰富性。
拨开也是一家大小。
巢蕨大羽藓下一抓就是一大把生命的幼体，
虫子、孢子，蓬松即生命。
或许它们也可启用大数据，测绘基因。
往深里看，它们亦是
奥妙无穷的星云。
往浅里看，它们实际上是同一事物。
——即使是一粒土，也可能是一个人，
一个他物，也可能是你；
你可以是我，是任何一物。
这之前由爱才能达成的事物。

淤泥的事

小时候就想到这是思维，
但还是下去抓鱼。
鱼和泥鳅陷在思维里
不是一回事。
但都有一种快乐。
之前我说这种快乐，
都是一群单纯、面色粉嫩的孩子，
秋天的高阳像一张黄照片。
我们放干水塘，
就像放干时间的体液。
大人们继续他们的事业，
我们走在自己的大脑里。
有时候陷得很深，
黄鳝和沙鳅鱼就在里面。
第一次感觉到淤泥如云，如此嫩滑和洁净，
在我们那里如此洁净。

洞穴的事

岩体中的温柔叙事，

温柔叙事中中空与精彩部分，引人好奇与探索，

要像对待人类的虚空一样对待它。

黑暗是坚硬的无知，

黑暗是看不见的光，

有时是一泓幽幽的静水。

走在里面，如果不打光，就走不进里面，

就会碰见恐惧、神秘和神秘清晰小面孔，

一路上尽是白骨，

羊和人愚昧的白骨。

曾经有人将自己献进来。它就是

大地之阴，鬼和厄运从这里出来。

"看见任何美好的东西

都不要去捡。"

我觉得它就是大地内部的智慧，如巨喉，站在里面

时空和外面一切事物都是它吞吐的。

和田野上新灌浆的麦穗一样，

是万物叙事留下的宝贵遗产。

拔笋的事

蹲在里面看或想一会儿，又会出现一棵。

拔笋就这么快乐。

与种庄稼不同，这是可快速成长与获取的食物。

可在原地

一连数日地拔。

我特意待他们拔完之后

犹疑在竹叶与泥土之间。

那种从十甘庵地底钻出来的感觉，

或者从黄土中破壳而出梦想爆裂或被人

看中的感觉——

这种一棵棵生物之箭，只可能被阳光射出。

只可能阳光在土层中形成一层光亮然后被不屈的人类精神

　看见。

然后被人格化后。

竹鞭很难干好一件自己的活。

不过这反而是各物成就，

诸方皆成功业。

以前我可不这么想，只想着

拔完笋子就到旁边摘大红的草莓吃。

庵的事

庵就在我家房子下面，①
庵就在我家房子中现出虚影。
庵里的菩萨保护了千千万万的人，都已死去；
庵里的菩萨保护了十甘庵的全部事物
都活得好好的。
啊，原来这里是一个中心，也曾祥鸟绕飞；
善、慈悲从这里发出。
在万千民众心目中，
或许这里金光闪闪。
可是，我们家又怎代替了
它的位置？
我们又怎能代表它布施？

———————————

① 本家就建在庵址上。

物的事

为何喜欢看笔直向前的?
远去的江河或一骑绝尘,
是因为它们物中有德,
德滋生出对美的意义。

旁支的物,卑贱的物
也在找寻自己的德行。
全都找到自己的德行。
德在草中,草在德中找到。

我迫于了解这件事,我急于
了解自己的意识这件事
被谓为真。我,
循环观察十甘庵所有的事物……

耸动或幽明,首先是有
自我完满,其次是途经
多道。——当道出现,德
就被形成一种价值的钳制。

所以明白了为何朝天仰问,

为何有人情愿躬身深涧；

若遇见孔子这样的人来问，

还能指望有不被指涉的政论吗？

辑　三

世事沧桑我们转山

我带他们去转山，

认识一下我自认为是好朋友的事物。

带他们去走一趟我自己也不会

这么走的路。从十甘庵、歪嘴里、

老虎冲、苦塘，再到十甘庵。

这一趟务虚，只剩下诗的意义。

去掉了农事，我以前艰难的记忆；

五月的某天，万物竞秀，花香满径；

我们走在乡村的小道上，山路上。

看见农事式微，山野苍莽，

远古贤人，即将下山；

满天的智慧，推给黄昏时的日落。

当走到苦塘至我家后山的那一段，

我想起我小时候可怕的记忆，

自始至终，我保持警惕。

仿佛深入下去，就会找到人类的心，

仿佛深入下去，就会找到那具年轻鲜嫩的尸体

被漆黑的土箕盖着。土箕像皇冠，

又像牢笼。少时

几乎夺走了我的心。当

我们从后山出来，哗啦的事物不肯离身，

起先是荆棘、茅草，后来是
十甘庵十万方的黑暗和孤星。

金财俚

在我印象中金财俚是个坏人，可是他却死了；
在我印象中金财俚妇娘暴躁、狠，与我母亲打架。
我们家至少三十年不来往，在路上遇见故意瞪眼、吐痰，
无形的压力架在我这个少年头上，觉得姓袁的人都坏。
可是他却比我父亲先死了，父亲拄着拐杖，去参加他的葬礼。
金财俚两个儿子都不大听话，人傲烈，但大了却讨不着老婆。
金财俚年轻时在甘庵山上抢山水，谁都不敢去争，我母亲敢。
多少年过去金财俚脚痛、腰痛但仍在山上斫木，斫木扛下来。
有一次看见他就像一只螃蟹，那扛着湿杉木的样子。
但眼睛仍然凌厉，看不出对人友好。队上谁都怕他。
他也是少数与全队的人吵过架、打过架的人，与兄弟
龌龊的人。其实看上去，他身体还好，可是突然死了。

做屋，树大门架

静得像一张蟒蛇的皮。
进山的卡车像一头吊睛的白虎。
我早早起床，雾有如米汤，
听不见一只虫子的声音。
冬日的山野即使乌鸦也是白的。
我家的房子隐隐约约。听见自己在应答某人。
我的声音如此细小，仿佛怕谁听见。
我卑躬着——对着地仙喊"要"。
他叫什么我都应答"要"。
大概是喊了这边的山林风水，人文寂寥。
我听不清他喊什么我都回答了"要"。
假使他掺杂了脏话我也肯定应答了"要"。
几个工人师傅使劲敲门正位，用车灯对着。
才燃的鞭炮像个锅底旋转的螺丝。
一点儿不熟这个地仙，房期便是他挑的。
对彩大概有三轮——我是不合格的应答手。
不光是我小心翼翼连我自己也感觉底气不足。
过程中，几次想滑出这个节奏。我几乎
感到了他的一丝鄙夷。"十甘庵的人都这样，
尤其的懦弱。"哪怕做一件光明正大的事，
我的内心，惦记着附近鬼儿们的意见。

回家走在十甘庵的埂道上

如果我死了、我儿子死了，我那儿便湮灭了。
就如下梯屋里。此去竹林无人，茅阔地荒。
就如在上梯屋里看到的，残垣朽底，荆蓬刺盛。
在族谱上看那些一生繁盛的祖先却无子嗣。
有如断头铡。活下来的，大凡平朴……
我们这一苗便是平朴的人，不大聪明的人。
问题是十甘庵已经只有我们这一苗。就像
红薯蔸，好的被挖走了吃了，幼小或烂了的
却遗落在土中次年吐出了新苗。十甘庵里
只有我父亲四兄弟，我德叔、我财叔、我小叔。
我们这，算不错。但是我假设了如果我死去，
家族的神苗便不知怎么传了。我想，上几辈
肯定也遇到了这样的尴尬。但是，不过——
一个神谕是派平伢、莲香和么其先死
可能有其道理。这可能是不可抉择的安排。
回家走在十甘庵的埂道上始终有这样的隐忧。

我家的房子

他们说我做了一栋大房子，他们嫉妒我做了一栋大房子。
我要说这是一个劝谕，为十甘庵人做的，为花氏自我疗伤。
我并不是想要做个农家乐，也并不是想隐世避居，或放马。
夕阳下山谷中的这栋房子青涩而靓丽，无人听懂它的壮歌。
——我想让那朽去的残垣知道，这里有一个新的腐朽对象。
我想让那哀伤的死去的族人知道，兴许这里——可以暂居。
一旁久居的山神、鬼魂，你们被惊动了吧，直起身在看吧？
这里有一组强劲诗歌密码，你们准备用什么摧毁它？

清　明

没有竹笋，就改挖野兰花、山茱萸，
附带一些麦冬、野山姜；
下山时又采了些野薤头、椿叶。
挂了青的墓留在山上。
我和母亲爬完后山又去社树下，
到了上易家冲又去对门。
路上一边挖野菜一边识别植物。
雨纷飞，叶透明，行人如新枝。
顺便看了一下稠山，母亲说：
这里可以葬她、葬父亲……
我说那下面可以葬德叔葬会财。
为一片繁密樟树、栗树之林，
远眺一派苍茫，一派风光。

多待一会儿

大家都不能动了，
待在原地。
待在原地看自己的母亲，
看牡丹花开。
在母亲的菜园里夹园。铁丝不见了。母亲教我种作物
不仅要种牡丹，
还要种大豆、玉米、萝卜……
要学会夹园。要斫上好的毛竹，
以杉木为桩，要懂得夹园门。
我和弟弟忙了一上午（他也不能出去），
正好有机会，同母亲
多待一会儿，待一会儿这多出来的会儿。
世界变得凝固，这边花儿正艳，
母亲劝我们不要关心世事，
不要关心男女，
要关注人与动物的
伦理。不要犯下动物的罪行。

狗兄弟

一对青年黑狗，

它们的世界是嗅出来的。

它们对路上的小花、小草全要嗅一遍。

对奇崛与幽暗惴惴不安，

对废弃的老鼠洞和鸟窝兴奋地尖叫。

选择的是一条以前经常经过的

荒径。茅草好比参天大树。

竟有人在此种上了饭豆，森森可人。

可是无法踏入从前的境地。

无法攀上峭壁上采药，

斫下那高枝。

一对青年黑狗

对什么都感兴趣，嗅过去，嗅过来，又来嗅我，

英俊、帅气、高频率闪烁脚尖与尾巴的

青年黑狗，

野鸡是它们的黄金，

我是它们的大兄弟。

父　亲

曾经挖过好几个眼。
最伤心应是挖掘的过程
我没法体会。
这该有多少痛和泪，
这是永远不会同儿女说的事。

但是我还是看见了。
有点儿像红薯窖，
更像是埋人的深井。
三个横洞，一个深坑。
难以想象他经历了什么。

这么多年
都在经历什么？
大山不言，鸟雀和芦苇
当作没看见。我能体会
他作为一个失败男人的心。

满是悲剧式的苦语，
像一个背负丧钟的人。
——他看见我看，

只是挤出一个难以言说的表情，

他不会回答我们。

老父，八十有寄

能数清这些山是奇迹，

能数清这些水是奇迹。

能将这些山和水串起来，是奇迹。

树占满它们，

水从这溪涧中流出。

眺望，哪怕已经老了。

能飘过这些山的

是云……

原来什么东西

都可以销毁，

唯一可留的是自己的清闲。

能认识的山，

就那么几座；

能涉足的水，就那么几条。

仍是这看过又遗忘的山，

仍是这再也不能涉足的水。

父亲寂寥地坐着，

销毁他最后的时光。

替父亲写的一首诗

很想——替父亲写一首诗，从父亲的角度，
他每天坐在十甘庵的小凳子上，八十多岁，
没有朋友也不会走路。脑子里想些什么呢？
以此为中心，周边都是他熟悉的山、树，
数公里内的田和土，怕是都种过的；脑子里
会想这里山麓和溪渠的名字吗？附近村子里
同他有过关联的人……情仇也罢，欢爱也好；
那些过去发生的事，如何评价呢？此生
不多了。是早就不想活了还是想再活一遍？
有遗憾吗？有未完成的事吗？作为一个
未有巨大快乐的人，未达光明之旅的人，
他砌的石墈，他挖的水塘，他开垦的地，
他会想到童年的事吗？他的母亲，他的祖母；
那棵被他砍掉、我从未见过的树，它枝繁的样子，
它们掩盖在记忆的烟尘里，就像给大蒜播土。
他是个猎手，会想起猎物留给他的眼神吗？
他痛苦过许多次，会想起反抗吗？那点燃
又熄灭的反抗是出于什么理由？他很有责任，
自小照顾姐弟，牺牲一切而无结果，奋斗，
什么都做过而无荣誉。这些稻禾、南瓜花，
后代无数辈了它们还这么开，那曾忠于他的

狗、牛、鸡的后代，它们还是这么和善——
这些恼人的马鞭草、青荆，还是长到屋边来，
这些蚂蚁、黄蜂，还想钻墙缝；没兴趣玩了。
仍是这几间老屋，泥土，要走的真走了，
想来的不多；还有一直欺负他们的山鬼，
嗷嗷待哺的山鬼，从年轻时就折磨他的山鬼
仍然没有老。愤怒又回来，他们和好了吗？
父亲每天就这么几十步，从老屋到新屋，
清瘦的头上发儿稀少，肉皮松弛，眼神昏聩，
迷离什么又未曾想起，失控的口水任自直流。

父亲、父亲

父亲在过从衰老到死亡的
那段时光，
这是一段有刻度、我能看见的时光。

父亲的动作明显慢了，眼睛呆了。
就像看见其他将死之人
之后便死了。

父亲这么慢，大片花生地要母亲
去收，大片藕塘要母亲
去挖。不饮酒了，不发火了；
知孔孟，遇见熟人想不起来。

就像山坡草棚上微存的光，
这是生命的最后时刻。
——他记忆式地
拿起烟袋，可又摁不进。

死后，
会去哪里？
之前的事我不知情。

我看见他有一个
花氏的坚韧。
这一次回去
发现他身上有许多暗点。
他说他
可能活不过今年。

——我会出现一个古老的
父亲，最后
变成一个词。

老父记

怎么办呢？

父亲一遍遍痛苦地呻吟。

他显然想活，这是人间最大的荣耀。

哪怕是苟延——

这是做人的唯一机会。

尽可以说做树、做草、做菩萨——

但毕竟那谁也没尝试过！

当他努力地将生命

往后延伸，我想到

凿壁的那个人——

当他深沉告诉自己身体不要垮掉，

我想到推石上山的那个人。

哪怕将自己的身体往后

或者往右，挪动一点点。

哪怕再呼吸一口。

可是，无论如何

他都沉默。他作为一个将死者，

是一个勇敢的人吗？

就像非死者，

永远不知道死亡真正的样子。

那些天①

那些天，他经常哭。
坐在医院的床单上。
眼含发亮的散光，
疲倦地要求我们。
我们不知如何是好。
就在他去世的前一周
我们将他弄回了家。
那时，他还有某些自如，
我们去新田的小餐馆吃饭，
带他去镇里登录他作为革命老兵的信息。
回到家的那一刻，不方便下车的他，说：
"我是还抵得呀……"接着就大哭起来，
像八十岁的儿子
哭给不在世的母亲听。

---

① 写的是父亲去世前一周，从医院回来的时光。

父亲逝世两周年记

门口有许多鸡屎、烂红薯，也不管。
烂红薯堵住大门，也超然了。
我的第一反应是母亲愈发孤独，疾病
使她更加灰心丧气。
想烂在哪儿就烂在哪儿，
不仅仅是红薯。

以前，这里全是她抗争的影子。
那抗争的影子，才是激动人心的历史。

母 亲

出去干活的母亲，

每次都是满满的一大捆柴捡回来。

或者一大担油茶籽、一大担谷子挑回来。

但这一次没有，

她捧着一大把雏菊和满天星回来了。

房子里也铺满了月季和牡丹，

节日一般盛大。

记得她种地从来不种除庄稼以外的东西，

记得她从来都是锄掉除庄稼以外的东西。

以前非常不理解，母亲为何要锄掉紫茉莉的喇叭花儿，

为何要锄掉一年蓬、苦菜、当归和矢车菊……

但现在不一样了，她读起书来了。

年近八十，她在树荫下

读《尚书》，

如同她当年来到十甘庵的样子。

黄　荆

没事就斫黄荆，意烦就斫黄荆。
路边的黄荆，手起刀落，
似鸡头滚地。虽卑贱却生机勃勃。
其实没有落地，是落在矢车菊和苦菜花上。
它同紫薇花一个科，一通猛长，
也不知有什么用，占据田埂和道路。
紫薇会开好看的花，有几个月能看，
黄荆只能招凤蝶，雍容但不诗意。
只是起了痱子，才会在母亲的督促下
斫上一捆，放在装满热水的盆里
洗澡，是为排毒。还有就是
每年端午，准备了糯米，准备了腊肉
和酒糟咸蛋，用布惊草溶解的天然碱水——①
这碱水从何而来？就是斫许多黄荆
烧成灰，然后用这灰溶解沉淀出
天然碱水，再用粽叶包裹好有腊肉和酒糟
咸蛋的糯米，这样咸淡相宜的粽子就成了，
这是黄荆最好的去处。

————————

　　① 布惊草即黄荆。

葬会财

坟也要相互呼应，也要活，
也要吃露。比如向阳的人沉上
与背阴的对门的靠右的这个山包。
上去找坟穴时，全满了。山脊上
斫开芦萁、灌木全是两溜子老坟。
原来先人早就这么想，隐藏在
这密林中，殁在我知识框之外。

它们才是天门互对，君子互峙。
地仙找方向时，也遵循这份古老，
侧偏对上对面的大坟山，我害怕的、
常有鬼儿唱歌、我家侧面的大坟山。
找不到地儿，就在两坟之间吧，会财
也没什么家产，死后也只是一个灰盒。
但还是要斫出一片天地，要吃着露水。

我就不知，这儿咋就成了风水之地。
前山走草龙，似与不似，坏掉的一趾；
后山似蝎，莫不也像一趾？山龙错向
而行，相遇了无互看，其中彼此都有
一趾，漏向对方。呵，我家先人就在

这巨趾边上创建家业；呵我家先人
死后还有什么可说，只有殡葬于此。

铲　墒

种地不一定要收获，

母亲就是这样的人。

天黑了还要为新栽的辣椒苗铲墒。

要将这些嫩丝茅、嫩芦萁、嫩树莓铲去。

铲得溜光溜光，

不让老鼠进来。

蛇进来会挂住蛇皮。

小时候我就想，蛇进来，干什么？

进来吃甜瓜吗？

吃红辣椒？

墒上的坟，它们这么方便。

尤其是黑幕降临，母亲要一口气

将一天的事做完，

像极了去世不久的父亲。

和母亲一起摘茶果

这是她干了六十年的老活计，攀上高枝；
她不怕那些荆条，那些树一样高的冬茅。
持续地摘茶果儿，就像持续地在自己的脏和穷中
寻找词，会出油的词，会让人精神倍增的词。
摘茶果儿需要重复地伸出手影，茶果儿需要重复，
或者重复才能累积起自己所需要的，才有收获。
当我在茶果中放一碗饭，这是诗的，也是母亲的；
当我将那些杂草、芦萁、落叶全捋一遍，
当我将上易家冲、牛积崂、江家山背的山全捋一遍，
茶果儿真的进了我的篓子。就像向大山里要金子，
真的有。问题是那些遗漏的，摘茶果儿时我想得最多的
是这个，它们落入茅草中，看不见，但若真要找
又可找到。——可是，找到又怎么样呢？
想得最多的是我与某棵茶树的恩情，小时候
记得它的弯，它的美好，父亲看见我在树上摇晃。

柿子树

一个以前有墓的
陡坡上的柿子红了。
大而红。柿子树是怎么长起来的?
以前每年都会斫。
看它不顺眼就斫,故意斫。
柿子树在我们那完全没有地位,
就像我们,但我们觉得它更没有地位。
它每年都疯长,
跟黄荆、芦萁一样。
有时它们仨一起连斫。
柿子树的意义就是没有意义。
只比刀快,比谁的刀快,
这时的刀快还是那时的刀快。
它生长在苦而贫瘠的土地上,
在墓上。可能和我们一样
只渴望春天,
不为成材。

回　答①

哪里是一个人在屋里，

还有两只狗四只猫二十多只鸡嘛，

它们都比我吃得多。

还有很多树、很多草、很多鸟都住在十甘庵。

一山的老坟，几百亩油茶树都知道我的脾气。

燕子每天早上都等我开门，

金钩花每天都开，

我要摘一大篮子。

---

①　母亲赶集时遇见熟人的回答。

又到腊月

我要回去铲墈，将房前屋后进行大扫除。
许多年了，那里全是杂草。
尤其是去年加前年的冬茅
它们长到窗户底下了。
每年都没有去清除，
以为可以懒散，实际上
第二年它们长得更盛。我们那儿
如果有一天没有在，或有一年没有在
什么都扑上来了。枯叶、杂草、鸟粪或动物的尸体，
它们总有办法留在这儿。
它们留在这儿就使我们的精神田园荒芜。
即使你还在那里干活，做着某些事，
即使你还觉得合理，
在不悲伤处，在悲欣交加处，在云无穷尽处。
我要回去铲墈，铲下浮土，铲下杂草，铲下试探性
长到屋角的油桐树、谷皮子树，
要一担担地挑出去，整出排水沟，
将去年冲到这儿的沙子，可能
积在这儿的瘟气，去掉。
这样的活儿要几日吧，
会出汗，会直不起腰，直起腰

也没什么看的，因为满是栗树的大石山就堵在眼前，已经上千年了。

想起世友①

他一个人

躺在青山下。查《再记德叔》时，

突然发现他去世十六年。

一个人，躺在青山下，

连墓也没有人去挂。

就像乔伊斯回忆奥西曼德斯，

我想起他朝气蓬勃的二十几岁

最后的几个月，

在窗下看我和美丽的秋连，

眼神饱含着欢喜与激动。

他永远是一个被忽略的人，

会被被忽略的人忽略。

死后德叔也没有原谅，

将他弃葬在非祖坟地的

青山下。

该是荆蓬刺盛、融入大山了吧，

这么多年。

母亲说，么其，其实挺聪明，

"挑粪挑得挺好"。母亲指的是

———————

① 世友，绰号么其。

德叔流浪的那几年，
么其被寄养在我家，
那时跟在我父亲背后
像一位新青年。

砌　石

因为雨水，我要将这些石
砌起来。找它们的契合点。
也就是让凹槽与棱角完美相嵌。
有经验的人能砌出一条条石脉。
似人的血管，也像弯曲的闪电。
我只能笨拙地
将它们邀在一起。也就是说，
我只有这么多词。
能让它们友好且齐心协力
抵御洪水已是最大的能力。
这都是些十甘庵的原石，
有些是祖先留下来的
是石头的元老，
它们是有记忆的，
强弱相助。在底部
留出出水孔。

我砌的墘没法同祖先的相比。
老屋场上
十余米高、六百多年的大石墘
是怎样砌上来的?

他们自豪地在上面建房子，
或者他们砌一条大墩建房子。
那样的工艺和险要
我永远学不会。

今天我要描述一处荆蓬

今天我要描述一处荆蓬，
就是由冬茅、荆刺和其他杂草组成的植物学结构。
人很难穿越，人在里面像条狗。
我在里面就是乱窜，因为没有路，
且看不见天，耳边全是人与茅草摩擦的音响。
踩上去是空的，全是冬茅与荆条的尸体。
由于跋涉艰难，有一会儿我想躺在里面，
仔细看看这些植物。现在，
它们占领整个村庄，所有的农田；
我本来想跨越到那边去捡油茶果，
我知道这种果实也不多，但毕竟是象征。
仔细看这些冬茅，健壮、新鲜，已有数丈；
这些荆条生机勃勃，这才是它们的生活。
这些刺可以制作一个真理，
这些锯齿完全符合奥尔华预言的学说。
它们保护了自己，也可伤害我，
它们之间相互融合又展开竞争。
我在里面数小时走不出来，
就像迷失在哀牢山。不过里面的
光线明亮，躺在里面就像躺在一条光明的船里。
里面的纯洁与青翠之气，

里面处子之身般的智慧之气，

我差点用相机拍摄下来。

一次路上

一次路上我告知朋友附近的庙宇
在水库之上，在青山绿水间。
它们比农房威严，但次于真正的古刹。
有两座是我亲戚做过住持的，
另一座这次我们要去。当
汽车翻越黄狗岭，像发现了大山河。
我们像探险家一样下车留影，
像被这些庙宇中的菩萨
指派一样，我们飘飘欲飞。
共同的特征是这些庙宇
供奉的都是本地的神仙。
无论龙王庙、莲花庵，还是慈化寺。
这话是什么意思？
这话是否暗示晓莉、木朵和我
都还有机会？
我们做的也是大慈大悲的工作。

辑　四

花的教育

诗人们已到，正准备讨论，木桌上
空寂——
于是来到屋外，五月的山地，
都是以前发现不了或陶渊明
看见也没引起重视的小花。
毛茛草丛中，地茄苗丛中，益母草丛中。
米粒、小眼情人似的花朵，幽静而丽。
我挑了长茎的毛茛草花、虎耳草花以及
苦楝子树花，它们因黄、白、紫三色
而请在一起。细密、温柔，成捆。
然后除掉多余的枝叶及花蕾。
大家兴奋地赞叹十甘庵的山野。
而我在母亲的咸菜缸丛中继续寻找，
都是些分不出年代的旧器，盛一些
粗鄙之物。我发现一只老罐，
陶土的，眼熟，不知传了多少代。
它低矮、破损，颈上有一个缺口
——这更为优美，
它可从没有盛过花朵！
于是，一件杰作诞生。
诗人们开始讨论拉金与弗罗斯特，

这个上午，窗台上，大瓣月季红得没趣，
作为陪衬被安置在红花釉瓶里。

饮后诗

我躺下时有花开吗？

母亲说我酒后又在十甘庵大哭。

大概是紧攥着母亲的手说"不要这样，不要这样"。

曾想睡到父亲的墓上呢，

那一刻十甘庵的鬼儿

我完全不怕。

我觉得我是它们的一分子，

与它们完全通灵。

大年初一，我又在十甘庵里打滚，

母亲、秋连、儿子完全劝不住，

叫所有的人来喝酒。

不会喝的也要喝，

看不见的也要喝。

我先喝先醉，

相信，他们不会负我心意。

刘贺墓畔口占

身边堆满金子，我相信这不是你想要的。
书上说你一月干千件坏事，也相信不是你做的。
反而，你贡献的瘦长孔子读书像
是你在乎的。这册《齐论语》
与今天的文化接续是多么的不同。
来昌这四年，总是下雨，如秋鸭站在
忧郁的鄱阳湖边（不同于今日鹤鹅鸣祥），
雨滴进你的鼻腔，滴进你的墨管，也滴进你的墓穴。
谁又知你的墓穴五百年沉入水底，又五百年浮起。
今天终于知道，千年来鄱阳湖为何无人吟诵，
没人知道鄱阳湖到底装了些什么水，因为
你早就在水底，以金银财宝、以大汉、以中华文脉的名义，
当你在水中踱步，以诗的扎实、稳健、清晰，
你的一生如浪漫主义诗人溘之又逝。

12 月 26 日，雪

雪落在每一根枝条叶空当脏敞亮此间我的语义能指向的每
　一样事物上。

十甘庵除却了阴郁与黑暗。除却了晦气。

林木好似甜美的蛋糕，小坡似毛毡。

仿佛一夜之间可以直通中原，

可以大胆地读《周易》。

茅屋不破，书生安之若素。

那些烂熟于胸的事物，

被友好地覆在雪的胸腔下面。

如果世事清明，来春就会发芽，

如果时代昭朗，人将被重新赞美。

去恒湖农场看妻叔补记

已经十年，我们热烈地去看他，
用纯洁之爱去给他以安抚。
但他已经不像十年前那样
见到亲人就哭——那是
一种可怕的对人世和健康生活向往的哭。

现在只是笑笑，但有瞬间的感动。
独坐枷篮的那一刻，
我看见他有一种奇怪的眼神，
也就是目光与大家对接时有一种逃离。
他熬过了他的好朋友以及我的父亲……

等待死亡十年，他的身体冰凉僵硬
但无所谓。这完全符合约拿的传说；
成为一个一生被谨慎欺骗了的人，
又符合卡瓦菲斯对一个老人的描述。
亲人们的感觉是他是一个有爱的人。

他的想法已经说出，他思考了十年。
我觉得他不需要我们的回馈了。
那种漠然、对死亡不再恐惧的眼神，

在我们离去同他分别时刻在我心里。

完全不是给他美食快速吞下时的情景。

陪妻子去陈山补记

就像我家乡的那些弯道，也就是说，看不见
前面的路；虽然看不见，迫近又显现出来。
山上尽是成年的荷树、栗树，微笑着似迎客人。
尽是结构复杂的荆团、藤条和绿色的火焰⋯⋯
参天大树立于村口或村中央，田垄宛如大自然
散落的小吃；妻子她觉得这也熟悉、那也熟悉。
我想象她做少女的时候，是怎样在这里挑水、
濯足和凝望，我想多一点看到她以前的光景。
她也许多地方不记得，但看起来，是风水宝地；
一条河溪似原始森林的封存，岸和石全然碧绿。
从最需要的地方流出来，从想象的美学流出来。
她说她以前常在这里洗澡，她越说，我越想象。
终于找到了，以前住的林场的房子，完全破败，
朽木仿佛故意，抵住烂屋的心；但房屋越破败，
旁边的大树越繁茂，以战胜者姿态，派发小苗。
只有小径还在，像拉直的花环，有名和无名的
小花，可轻易地搭上坡地，也可轻易下到谷底。
妻子激动地跳跃，被遗忘的，又跑出来；不像
在我老家，我没法知道哪些片断俘获了她的心。

丁酉夏

—— 与木朵、阿衰、陈离、欧阳娟、陈腾

简单地说，为什么不用别的
而用芦萁铺在大蒜地里。
当我们返乡，在山野间省思。
人与世，意与象，文与法……
一种蓬松的温柔敦厚的美，
一种简明而直接的实用关系。
地整好，蒜入泥，铺上什么好呢？
第一个，使用这个想法的人，
第一个发明它们间关系的人，
只有芦萁，符合我们的古意。
秋深，土沃，恰好芦萁枯黄。

再写翠微峰

大地上的事物
都是一样的。
都是誉满山冈，互为朋友，
都可深入它们，写出它们的诗篇。
这一会儿，
我在翠微山林区
都是山猫、麂鹿、鹦鹉以及江南多见的
栗树、杉树、油茶树与灌木，
林中落叶的细节
以及落叶中的小生物
都是一样的；道观中
供奉的对象也是一样的。
山峰上大家感叹的山色、岁月、风景
也是一样的。
五百年前魏禧在这里做的事，
都是知识分子最想做的事。
我们一边赞叹他人，一边回望自己，
看自己能不能成为他人。
如果，空中的事物有所回应，
或水里的事物有所回应，
又或，这林中的事物有所回应，

就会惊呼——事物们的理想
都是一样的，一样的。

老人与鱼

他的鱼
仿佛同他共呼吸过，
依偎在他的破布衫里。
老人只卖从赣江里捕来的鱼，
干净又赤条。
我，多年来，
也只买他的鱼，我们
有着一种无法言说的信任。
我买他的鱼，
仿佛买走他的一个朋友、一个魂灵、一个精灵，
鱼心痛地跳跃，
同他分别。
我小心翼翼地维持它的原状，
在我的心里，
在我的身体里。

接受不了

倚山，向阳，在没有雨的情况下
能看见很远。
我们那儿的确是这样。
前几日，村里的人又想将公坟
安在我们那儿。
母亲完全没有答应，叔叔和我全都反对。
这明显是欺负人！
想让我们守坟吗？
事实上已守坟
上千年。现在他们又想
将全村新死的人埋到这儿来。
从诗学意义上，问题不大。
我可将他们化为诗
或结为朋友。
但从伦理学上来说，
则完全接受不了。
这是给我们安上达摩克利斯之剑啊，
每天早晨起来，金光万道，
抬头便是闪耀的墓碑。

四方井

——与木朵、与陈腾、与刘义

我的理解是泉，地中水龙。
很多条水龙从词语中蹿出。
它们隐藏的秘密，就是我们的友谊。
照例，我们用脚探引；
观流云，看风水。
如果袁天罡在
他会建水坝吗？
就像我们索引词语翻身。

词语并不廓清山野，也不为
我们那天的行脚负责；
河流也不需要澄清，
需要澄清的是人的清澈。
词语——只构我们的语言逻辑中的四方井，
更多的时候是游离那天下行的
四方井。
所以，当我们看见当下的乡村
只有少数几个人
也不见得是归兮的寻访。

事实上，旷野仍然准备了碧绿、深绿
拥抱我们。准备了词语所需要的一切。
但我们各归其踪，仪态摇曳，
渴望捉住别样的水龙。

荒　园

又回到，原先找寻的东西。
这里满是杂草、满天星和银环蛇。
其实已经放弃很久，渴望到北京、巴黎……
实际上在一个小城便止步不前。
苟且偷生，就像一个旋涡。
现在又回到原先，找寻的地方。
找一把钥匙，或一把小刀。
这里满是杏树、青蒿和易拉罐，
或许还有一张蛇皮、一只青蚁。
实际上锋利的丝茅更适合回答这一切。
很快便没掉那小径，那荒园。
最后，几乎热烈地，欢呼起来。
小时候在这里找寻的东西，未知何处；
中年找寻起来更加困难，恰迷途芳踪。

清　明

种下牡丹这么多日，凋谢得这么快。

只能这样说，纸花的灵感源自牡丹。

挽　歌

我看见一支挽歌，

每当回去我看见一支挽歌。

关于我和我们这个时代的。

无论我做什么，是挽歌。

无论多少争议，是挽歌。

无论曾经的诗心有多么自由在鬼神与事物中穿行，

是挽歌。

无论屈辱的爱还是奇迹的另辟蹊径，

是挽歌。

无论多少强大的现实改变这一切，是挽歌。

无论多少人没有死，多少人点化成灯，是挽歌。

无论过去多少年，无论多少浸透骨髓的文化，是挽歌。

无论走一径，还是一生，是挽歌。

卑躬屈身的树林，是挽歌；田间操劳，是挽歌。

那些记录你火红历史的衣裙一去不复还，

那些在云上立国、骑鸟勘察的日子不复还，

那些圣人提倡的、我们最早的彰显不复还。

我们读书中的草木，而不是读草木中的书。

我们反刍光阴，而不是请光阴反刍出来。

继续不堪，是一支支升起的挽歌。

荒凉的现代主义，后现代主义，是挽歌。

行远，是挽歌。风雅，是挽歌。一径，

自己的命脉以及一切的变幻，是挽歌。

有时是一丝温暖，有时是斑白的坟头，

那些我们命运的，不可调熄的火焰，是挽歌。

奇迹，是挽歌，挽歌中的挽歌。

所有事物都是一支挽歌。

人和鬼同在，没有差别，是挽歌。

无始无终，是挽歌。无毁灭，无恒久，是挽歌。

清　明

这些微小通体发白的预言，
这些幽暗生命注脚混乱的预言，
我看不见你们，我想象着你们，
我猜测你们的变化。
我在山冈上插墓花。
清明这一天所有的花都是墓花。
祖先们既无瑰宝，也无语录。
在这既是秩序也是混乱的人世中，
我们如此平静，死得如此清雅。
当我上完香烛的这一刻，
抬头望天，已是暮年。

南山记

如今只有福财俚种田、仁古伢俚种田。
种在长满冬茅的水田中。
与其说水稻比以往更加茂盛，
不如说它们疲惫地弯下了腰。
当它们像鱼一样从水田中被割下来，
又被耐心地抱上了岸——
我看见鱼籽般的谷粒。
每次回去，大自然就会收回一点点，
收回属于它的部分。连同黄昏、
寂寥……从它们的角度看，
它们的主权范围扩大了。

母　亲

母亲仍没停止怨恨。

真不知她年轻时经受了什么痛苦。

然而她真的很强大，

她一个人将一千多平方米的房子做了起来。

她的心中没有快乐，二十几年，每次春节回家

都在说她的怨恨。她说某某不行，咬牙切齿。

我们每一个亲友都经受过她的折腾。

而我一直在说，要想点快乐的事。

你看自己儿孙满堂……活至耄耋。

但母亲觉得许多人亏欠了她。我亏欠了她。

我弟弟亏欠了她。我妹妹亏欠了她。我父亲亏欠了她。

我二叔亏欠了她。我细叔亏欠了她。我们邻居亏欠了她。

亏欠了是对的。谁又没有亏欠呢。

人总是一代代亏欠的。生命总是一岁岁亏欠的。

真不知她年轻时经受了什么痛苦。她总是

在歇斯底里中做决定。比如对前夫，儿子才一岁

扭身便走；比如对现在的外甥，仍然没有

放过的意思。其实花氏需要她的强悍，

但也需要她的宽容与仁爱。

从黑色的声音里

从黑色的声音里，他们要收我家的棺材，
我的父母十多年前准备好、可能没多久要使用的
我赞颂过无数遍的楠木棺材；
墓地也几经反复、选了又选，
可是他们要去收我家的棺材。

这一大片区域，也许整个江南，
都听到了黑色的声音。那些可怜的灵魂，
再也回不到他们祖先的群体。
这些茂密的青松、石楠、球柏……
这些深沉的黄土，就要失业了。

发明丧葬的那个人，发明棺材的那个人
你的文化、恐怖之物，就要失传了。
父母并没有想象的激烈，只是不知怎么办。
这个曾有如此多的暗示、意念和想象的物体，
被装上车。这个不能随意升抬的死亡结构。

甲虫一样，如此粗陋。咒骂的
是有良知的人，哭泣的是善良的人。
父亲拖着残躯，上前看了看，

母亲交涉着。——十甘庵的山鬼
怎么办？它们慌乱或是有了主意。

车　戒

"今天去辣椒地里，下易家冲；
老头子，你这边坐坐，那边坐坐哈。"

"车戒……车戒……"比着手势。①

"今天去花生地里，下梯屋里；
你看看那四只狗崽，还有七只猫崽。"

"晓得，快车，快车……"

"今天去对门，你看得到，菜地里；
你自己走走，从水井那，下去又上来。"

"是啰，是啰……"随着木棍。

"今天去宜春，拿你的药。饭烧好了，
中午自己热。有人来买狗就卖掉些。"

"嗯，知道……狗崽蛮聪明……"

_____

　① 车戒，方言，去吧的意思。

"今天我也不好，胃疼了，怎么办？"

母亲是个瘦小矮个子女人，年近八十。

"地不要再管了，让它长。一起走走吧。"

狗根刺树

十甘庵最多的是狗根刺树。
房前屋后都很多。没人注意它，
也不是刻意有人栽种。
但它长得刚劲、青翠，凌空
击出的青刺有如钢钉。
一年季白花，秋天结满彤红
揪圆的果实。钢钉和果实的
密集阵。只有母亲偶尔会采一些。
采一点制茶。春季也会采一些。
作为茶在我们那儿不是最好的。
但它生命力强盛、木质坚韧，最喜欢
从忽略的地方长出来。挑大粪经过
要转肩，小心被它刺着；被刺着
锥痛，留下疤痕蛇皮般爬在手上。
其实这些都不重要，没人会记住。
只有办大事丧事时，才会用力去砍。
倒在路边翻着身子，一点儿也不像
其低调时的样子，占住一大片空地。

摘枇杷

一说摘枇杷，
就想如何将枝头的金黄写出来。
油滴滴的五月，母亲喊我回去摘枇杷。
我首先爬上了树，一通品尝、糟蹋。
有些事只有糟蹋了才会更好。
卡在树中间，看见毛毛虫。
中年不及年少，看起来简单的一件事
做起就困难。枇杷们
看起来就在身边，转眼躲藏起来了。
灰粒，毛毛虫，遗弃的鸟巢，
——每年由它们
贡献第一批果实。
每个人都会想到自己的云梯。
就像摇曳的大海，我荡漾在漩涡中。
事实上在枇杷树顶，
几乎可以看所有的云端。从未看过的
香樟、楠木和�的云端，
那里流动着十甘庵的云。

父亲的猎袋

记得是秋天的傍晚，十月或十一月，
梓树完全脱叶，
山谷中尽是栗树和油茶树，
是鸟儿归巢的时刻。
林中有唯一可供歇息的树。
父亲在猎棚中悄悄地举起他的鸟铳。

这里我要叙述两点——
父亲是本地唯一的猎人，
他举起了他的心爱之物、作为苦命老兵的荣耀——
在那样的艰苦岁月，只有我们
能吃到斑鸠鲜嫩的身体。
有时是摸到，它们鲜嫩温暖的身体。

我觉得这是父亲最为欢乐的时刻。
他会在很多山上，
砍下油茶树和杉树
作为猎棚。以至于我们
每次都渴望发现它们。
只嚯嚯几下，就有几担柴了。

回来时，看见他在半坡上挎一只猎袋。

可能从另一座山上回来。

锦鸡和竹鸡的羽毛

全扎出来了。

碰了一下全都飞舞。

半坡上，那一刻父亲最快活。

归

只要进入那里，就会有莫名的阴气。

黑暗连同瘴气笼罩下来。

我警惕着，心里起了疙瘩。

先鸣笛吧，长夜里，我的汽车像失明甲虫，

还是翻入了沟里。

我和妻子微笑起来，

因为知道它们会来这一出。

像极了父亲在病床上的斗争。

十甘庵花

如果父母不在了
十甘庵里怎么办?
是长草、长十甘庵花吗?
鬼儿们,我担心谁来喂养他们。

没有人

没有人，
仅有少量的坟可以交谈。
坐在树下一上午。
看静水深流，
又嗞过岩石。

迷糊地睡过去了。
看见死后
的自己。
死后的自己
看见对门堂屋的父母。

父母那么瘦小。
着装不似今人，
似宋明时期的人。
我无法打扰他们，
也不敢呼喊，
或者呼喊了也听不见。

庵　塘

为什么要做饭，今日
采残荷三枝
构成破败之古意，某
酸腐气之陋室。

为什么要种地，菜
在雪地里；
为什么要干干净净，
在掀开后的灰尘里。

为什么要吓着他们
钻进院子里的竹笋；
为什么要吓跑它们
钻进被窝里的狐狸。

为什么要开山辟路
为什么要坐炉得道
为什么要凡夫俗世
为什么要惊世骇名

采荷三枝，庵塘下的

与茭白生在一起，曾睹
鹭影，儒影，僧影；
曾睹杂草，淤泥，水草。

读　谱

年三十晚上，我和弟弟
从母亲的棺材上取下家谱。
一家人团聚，又温习了一下先祖。
他们八兄弟只有两人有后，
其中颜祥公，四十七岁死在云南。
其他的都在附近的山头。
有五六代人什么也未留下。
只留下一行瘦小的葬址。
他们的一生什么也没有。
曾经会武功的，两位先祖
模糊了身份。是颜祥公和茂森公中的一位。
没有记载。颜祥公曾在广东教打，
未归故土，这个较真实。茂森和茂景
都是有后的，但下一代比较复杂，
立必被过继给了树养，
树能又在树养这里过继了后。
他们兄弟都很团结，为了香火，
为了红火的日子，想尽了办法。
无论哪一代，每代只有两兄弟
娶妻，每代只有三或四个男丁。
且都是不大聪明的人，

或是没有见过世面的人但人都

人高马大、仪表堂堂。我父亲、

我叔叔都如此。我同母亲说，

我们都是不大聪明、不怎么有出息的人。

"她在她娘那里也是这样。"母亲这样

说我祖母。德叔说老祖母，也是这样的人。

也曾有聪明的，但不一定有后。

十几代下来，我们都是不大聪明的人。

——在十甘庵，这个要承认。

从易家冲下来

从易家冲下来，找不到路，
呈现许多无法描述的细节。
土中不全是土，有许多朽枝
与叶沫。朽是一种真实的存在。
在这杉林中、松林中，泥土往下；
往上是野柴和杂草，它们厚厚的
如同更厚的樟树叶、杨梅树叶和松针。
我与妻子说："……即便是这泥土，
也很复杂。"与年轻时看见的
大不相同。记得以前，这儿干涸，
树木完全无法生长。只将当作
打柴时的休息地；几棵秃松
青筋暴露，我们便剔松油。
想不到现在全堵塞了，除了青翠
还是青翠。我们沿着
少年时期走过的路
找下来，全是杂生的山林。
以前的路陷塌、跌落不见了，
那作为黄石和泥堆的路不见了。
一路上被青荆、藤筋钩扯，
人就像快要撕破的麂子皮。

回　忆

回忆数年前在山道上遇到的一位小女孩，
一条以前经常去捡柴的山道，
偶尔在那里放牛和吃甜瓜的山道。
我看见一个美丽的小女孩，葱白又美丽，
我看见她怔怔地看着我。这么多年过去
我没有忘记她，因为她让我想起
二十年前，少年的我，也是这样。
捡柴的时候，多么无助，多么禁锢，
多么地见不到世面，感受不到博大和爱。
她小小的扎发被茶枝撩拨得蓬松而脏乱，
超大的衣服醒目而懒散，可是她没有精力
去管，就像劳作后疲倦的自己。
我不知她是哪户人家的女孩，
也不去想这是什么天道轮回。

清明诗

对我好的人有：
桂化伢俚、黑平伢俚和哑巴子。
桂化伢俚矮胖矮胖，嘻嘻笑，赶一群鸭子。
就像戏剧和事件发生的当儿
总有人赶鸭子嘎嘎地经过。
黑平伢俚挑一担大粪，沉重又吃力；
横脚走过时还喊一声："波嘞。"
哑巴子放牛，老远喊，老远笑，
喊听不见他的声音，以为没喊；
近了不断用嫩草蹭鞋帮上的泥，
牛嘴仿佛同他竞赛，用大舌快速地呼卷。
现如今桂化伢俚死了，从不去掘煤的他
也去了，如东平伢俚一样搭上小命。
哑巴子也死了，得了不知名的病；
黑平伢俚还艰难地活着，老婆又肥又丑，
算是不错了，比起会财叔，比起细伢俚。
如今回去许多稻田都升起了蒿草，只有黑平伢俚家的
奇崛地辟出禾田，秧苗嫩怯怯的，
不知能否经得起猛虎般的山鼠？
在人们因挂青而踏坏的田埂上，
多了几根灿烂而不合宜的墓花。

上山认墓得句

找墓门上有蛛网的墓，

那便是管事的墓。

茂景的墓垮了，茂森的墓上没有字。

那武举人的墓蹿出一蓬烟，

由此打消迁它的念头。

更早的墓只简单地

围几块青石。甚至只有土堆。

连青石也碎裂了。

父亲说："找墓门上有蛛网的墓，

那便是管事的墓。"

"蛛网上有露珠的，更好。

说明他最近还出来……"

山林中荆棘和杂树丛生，

我、父亲、德叔和崽一同上山。

其实找到了，也不能怎么样。

就回去。心里想着

他们管着怎样的大事。

父意散

父母吵架，

多半缘于道德理想的分歧。

那么小的一件事总会扯出仁爱、好恶甚至品性。

这并不是说他们没有和美、楷模的一面。

几十年了还没有分清良善、世俗与昨天。

昨天他们又扭在一起，两个七十的人，

应该白发苍苍，有所见，

其状也该是一道风景。

他们为修一条小路争执不休。

父意散，有老庄的超然，

母亲觉得活着就要生生不息，

决意新修一条小路到自己的家，

这要掘大量的土方、小灌木，

需要反向意见父亲的贯彻。

父亲觉得这太张扬，人老力衰，

不闲适，太率性。几十年

父母为其他或类似的事争执，

没有高下，也说服不了谁，

时而扯出冲动的话语，还引申。

母　亲

母亲又挖断了
去小叔家的路。
这辈子总有数不清的恩怨，
在金财家里、保财家里、德叔家里、小叔家里打转，
雪球一样滚向每一个家庭，
为的是这个小族的
和我们可怜的生存。
会很在意一棵小树的长势，
别家人的心灵富裕程度；
稻米的长短，年景的芬芳，
人丁的兴旺，鸡崽对鸡圈的鉴辨力。
谁又能否定别家人也不这样想？
母亲与小叔家的关系好好停停，
大部分时间不相往来；
每当她发起怒来，就有
恩断义绝的感觉——
记得以前的路挖断后小叔
只得在遥远的半山上重修一条。
那帧默默做事的身影，
有说不出的凄凉。

后　记

一

我们的世界，除了俗世个我的现实存在，还有一个更强大的无限的想象的世界，那是人类一刻不停幻想组成的世界。有时候，世界就是以幻想的形式存在的。当你以为在当下，可它却又迅速将你带入过去、记忆以及由意念组成的世界。不仅仅是时间在作用，不仅仅是人类的认知在作用，可能还有人类的精神在作用。如果将人类的精神活动比喻成一个穹顶，那么这个穹顶便充满了各式各样的精神活动的图像。而我可能老是瞭望到这图像。尽管一无所有，但只要瞭望，便什么都有了。立即映入眼帘的是附着人类记忆的有形的书籍，它们美好而弯曲；这些从事艺术活动而留下的痕迹，这些因思索、顿悟而获得的智慧，它们有如星辰。但是，我更着迷于这些书籍的空处，空间和黑暗不能填满的地方。如果人类普遍的思索最终有一个去处，而又恰好聚集在这里，那么我便一次次地瞭望到它们。如果植物会思索，植物的思索也会在这里。总之，每一样事物，每一个局部，每个微小的存在，它们都有思索的可能，如果它们思索了就会到这里来，我便会瞭望它们。

人类有许多复杂的情绪，除了对糟糕的现实的不满，还有许多臆测、幻想和预言的存在，它们同样是我们生活的源泉，与我们的文明同行或构成我们的文明史。这就像反物质，反物质的质量、体积和比重都比物质更大，是与物质相对应的存在。人类创造了许多不存在但又感觉存在的事物，并且这样的存在可能会影响到真实的存在。人类最大或一劳永逸创造的事物是时间和造物主，有了这两个概念，其他事物便应运而生，构成各种体系。各种体系都在充分阐释和表述这个世界，它们并行不悖，构成灿烂的文明的星河。

我目前的诗，都是这个世界的外延，这些事物的比喻，这些事物与现实的对照。所以我说，一个事物是另一个事物的比喻。全世界，可能只有一个比喻。诗歌的工作，仅需要将这样的比喻转换。一首首诗，大约就是这样最烦琐的构建工作。

二

眼下，我的想法就藏在行文的词语、语调中，但又没有写好。我可能想写一种旷古的乡野，人烟不是最重要的，事物的枝蔓或皱褶是最重要的。事物的存在、事物间的关系、事物对人的影响是重要的。我写了一些事物对人的影响。十甘庵是我的家乡，它是我的原发地，我认识这儿的许多事物，我熟悉它们，爱它们；仿佛它们也认识我，爱我，包括但不限于你们认识的所有事物。

我试图让各式各样的事物自发建立联系。我的词语不够生动，似乎想迎合生活本身的苍白；我的结构不够出新，似乎太在乎情感的粘连。总之，目前所看到的物质文本不是我最满意的，脑海里的非物质图腾似乎铿锵有力。我似乎想刻画一种过滤了时光的乡野。乡野是主体，有人居住是偶然，人的传承是偶然。人们所浸染的文化（儒道文明）是偶然的。我似乎先入为主地闯入它们，看见它们，然后告知我们。是的，我只能告知我们。所以我的语言平朴，不愿做过多修饰；所以我的语言拙硬，因为这就是亲眼所见。我先入为主地看见事物，发现事物，发现事物中的秘密。有我的家族，有父母兄弟等一众人物，我从他们的个体中发现秘密，发现命运。从他们周边的混合物（事物）中发现他们的人性密码。如果不掺杂生存意识，这些事物就不可能是生鲜艳美的，就不可能是安静逸美的，更不可能是纯净、无邪、浪漫的了。

我不确定要指向哪。可能是古老中国，自古至今最底层百姓的生存样貌。也许他们懂得很多，精通手艺，生活中个个都是能手，但他们无一例外生活在枯萎的山水中。他们面目清癯，与草木同色；他们命运多舛，与河川同氏。十甘庵可能只是一个范例，但需要更大的笔力与更好的语言，眼下我可能还只是打开卷轴中的楣杆。

三

世界中，有两个我。一个是在遥远乡野以某个农家为凭依的少年的我，另一个是灵魂永不着地、吸附在某城高处但终将渐得皈依的我。遥远乡野中的我是永远不说话的那个我，带着一副超宽广的望远镜，在山野与时间中行走。看山野中的人和事，看山野中的树木与水流，能记的都记下来。看人的生死、家族的兴灭，或者直接看烟火、人的隐喻。看其他的兽类，它们在这种文化下的影响。有一只虎，仿佛就变不成妖精，它被这里人的强大文化浸染，显得慢条斯理，学会了思考，写出了连奥登也不认识的诗文。看见了观音，这个永不现世的人，她隐隐的面目，如同人们想象的一样。我也看见居所，这个临时的场所。所以我如今看见山野里的任何事物，都是一个触发点：山的皱纹是触发点，无声是触发点，相遇是触发点，眼神是触发点。那样一种山野，那样一种人文，我还不想由此及彼的山野。而在南昌城中的我，从来不认为是真实的我。我不知这算不算妥协。我觉得这个我是人文的智慧的世界。对一切有了见解，有辨析能力，能宽怀一些原先不宽怀的事，能容忍恶，善也并不是书本中的善。对缠绕在人身上的情感和社会关系，用更加智慧的方式去看待。我希望我这样。

在我家乡，在熟视无睹下文化浸染的丘陵中，山地中的岩石，岩石上的林木，那些跟我发生过关系的水洼、地理和名字，我记忆中的画卷或遗忘。有时候我拿它们没办法，它们受众众多、面目相同却没有清晰特征。说没有特征是我懒惰，于是我有时蹲下身来看那些高低不齐的茅草，它们在油茶树间晃动。在荒坡上，在坟地里，在高大的楠木以远的地方。我想形容它们，表述它们，但找不到符合它们的词语。我是说，比如写一根傲然独立的茅草，却找不到合适的语言。我常常为这样的事怅然，失语，自责。包括一个我忽略的人，那些常开的花，那些有名的树，那些名贵而我尚不知其名的草，那些泥土，那些我母亲年轻时做一件事的影子，那些我不能确定的话语，那些村里的事，那些他们说很美的云，那些女孩，那些乱石间的小路，那只去上东源的小狗。总之，是些印在我心中却没有特点的事。我不允许夸大和添加形容词。它们存在受伤后，我看着它们。我强调事物受伤害后的存在感。我之前一直这么写。这么有目的，我不知道这有没有问题。唯一的可能是自己表达能力不强。这期间写了许多诗，纪实或臆想，或想象。几乎不大使用自己的学养和知识，也就是不提供终极的哲学的思考。不提供诗之于诗的思考，人类/事物存在命运的思考，当时做得更多的是呈现。当然呈现肯定是没有问题，但对我来说有问题，后来感觉应该更普世一点。应该用上这些年的阅读与经验，用复杂的生命经历，个体生存与终极哲学相结合，才会找到更多艺术共通点。

四

我内心觉得十甘庵有个巨大的魔咒，因为我祖先连同我们，在那里住了十多代人都不发人，每一代只有三四个男丁。每一代都是颤巍巍走过来的。我感觉花氏能延续香火完全是偶然。事实上也是偶然，因为每一次迭代，都是由不是最好的那个家庭来完成的。花氏在那里经历的苦难，花家的人在那里经历困难时内心所遭受的煎熬是难以想象的，他们的伟大与卑微同时闪耀。当我看着他们几乎不存的坟墓，没有碑石的坟墓，没有留下名字的坟墓时，我会猜想许多。寂寂的山野间，阳光斜映，他们在**数棵栗树**之下。

然而，十甘庵没有家族史，父辈们没有文化，他们都说不清先辈们的故事，我常常听见他们将故事混淆，将一个人的故事套在另一个人的头上。

能触碰的是他们的遗址，他们开垦过的地，他们挖过的山，他们给山谷起的名字。很显然，他们努力过，他们年轻时也有为过。据说，曾经，他们将附近数公里的山地买下了。而我，只能看到父亲这一辈人的努力，非常艰难的努力。父亲四兄弟，花氏只有这四兄弟，其中老三是半傻，终身未娶。老二就是我常写的德叔，他中年丧妻、丧子、丧女又丧子，都是养到年轻俊美的二十几岁。他本是一名锯匠，可后来信了菩萨，做起了道人。老四与我家还算正常，都有儿女。但小叔唯一的女儿十四岁出去打工时失踪近四十年，前两年才回来，户口都被派出所注销了，她经历了什么，受了多少创伤，不得而知。

只有我家稍稍正常。但母亲与这些人都有不可调和的矛盾，数十年从未停止。我的父亲拙言、正直，但说不清一句话。我的意思是我的父亲这一辈子从未说过一个完整的句子，没有完整表达过一件事。他的另外三个弟弟也是。事情就是这么残酷。他们说话时都只有开头的三字或六字短语，只有开头的情绪化的起音。

这些人构成我的生活，尤其是我的少年记忆。他们种着先辈开垦的后来又分下来的地，他们挖着从前就属于他们的后来又分下来的山。上述人物，不论长幼，他们无一例外都十分勤劳。是那种匍匐在地的勤劳，没入黑夜的勤劳，出生入死的勤劳。他们没有娱乐时间。公平地说，我们那个村的人都是如此，哪怕是仇家。勤劳是不分族氏的，不分屋檐的。

他们花了太多时间躬身于土地。所以他们就更了解土地，更了解林木、花草、水田……他们成了朋友，给每一样事物起了名字。他们给事物做活是彼此交流，相互成全。所以我写诗，多是写了事物（事情）的原态。没有写成元诗而成为事物的原态，使得我的许多诗有缺陷，语言笨拙的缺陷，结构非复杂的缺陷。

很多时候，我在记录真实情景。没有夸张，更没有煽情与虚构，哪怕憧憬和想象都没有。

《替父亲写的一首诗》是写父亲去世前半年的那一段光景，当时他行动不便，坐在老家房子前垂垂老矣而又无能为力的样子令人心痛。我记住了这一幕，如今回家任何一幕都可能引起我的注意，都可能入诗。其实，我写了许多关于父亲的诗，不间断记录了他六十岁以后的全部生活。从心灵深处，我觉得父亲是个懦弱的人、沉默的人和失败的人，但他又是个善良的人、正直的人与温驯的人。进入老年后几乎不说话，因为母亲强势。后来我思考，父亲其实是个坚韧的人、有大志向和大智慧的人。他不同母亲较劲，不表达。他的沉默是有目的的。他年轻时操持全家，抚养了他的三个弟弟，那时祖父早已去世，祖母没法主持外面的活儿。父亲的一生就快结束了，以所有人知道的方式，我心怵然，于是记下了它。

五

但诗到底是什么东西呢？我觉得应该是一个人的绝对值，事物的绝对值，认识的绝对值。诗应该是一系列文化、思想、生命存在与生活经验的综合体，并且是有一个人正在经历而不是先验或现象文化的概述。它不是总在那里，它应该是变化的。可能出自不同大脑但这些大脑又无法完全概述它们。

我相信，有一个大脑试图说出它们。

说得更直接一点，我仿佛找到了一种方式，一种接近我要但一直没有做到的方式。我不知这种方式是否正确。我长期以来一直希望自己写出一种有行体、思虑、语态、文风和节奏的作品。在我的内心，一直有一种现代诗的理想形态。它二十至三十行，四行或五行一节。不分行应在二十行。如果分行，第一节第一行五六个字为佳，没有逗号，第二行的逗号放在第三或第四字处，第三行是一个整句。第四行的第一个符号在倒数第三或第四个字处。第五行又是一个整行。就这样，按照这个节奏，处理下面的诗句。如果思虑完整，选材恰当，细节生动，气场充沛，语言成熟，当然最重要的是观念在先，那么就会有一首不错的诗现世。当然，我并不是提倡。我是隐隐感觉，如果现代诗以这种模样出现会是一个不错的范本。在处理《夜钓》时，我便有一种自觉。首句"每一样细小的事物，／都有一个内部"就是近期不断观察与思考的结果。写这句时我不知下面会写什么。仿佛任何一个载体都可以。当我适用到"夜钓"这个情景，便有了下面的发挥。"你航行到一个开阔的水面，四下无人，／有一条桂鱼在里面活动。"这是写作中真理般的废话，很多诗人都这么干。"……正是／明白这一点，所以，／你放下鱼竿。……"这是写作中的幽默和无耻，但非常有效。而在写的过程中，我的一个自诗之外的感觉是：自己在划一条木船，一条看不见自己身影也看不见他者（事物）的木船，在夜钓出发的途中。船划过了夜晚的水面，可能是徐徐地划过。水面平缓，和黑暗连在一起，四面全是隐而不见的山。我是从这样的经验出发，开始了这首诗的首航。而这样的经验，只是源自我上初中时在同学家的一次夜晚出行。那是去钓桂鱼，在离我家不远的飞剑潭水库。脑海中不断闪烁出这样的画面，不需要太多的推动，就有许多暗示。操作时，我忽略了那一次夜钓的其他片断，只有模糊的出行画面。里尔克说经验入诗，我可能这样做了。当然，其实，在诗句出现在笔端的瞬间，思考的间隙，也想过要不要嵌入那次夜航的其他片断，在什么时候嵌入。但随着语势的发展，句群的出现，那样的片断完全被抛弃了。这可能就是诗人们常说的语言入诗，语言自诗人之外，自动地发展诗句了。而诗人必须跟随诗句的发展去组织下面的语言。

夜晚，还有跳水的蚱蜢，它在水面，尤为吃力；

而掠过未知的虚无的蝙蝠——

蝙蝠，在那一刻停留的心脏，

扑哂扑哂，暗红 3D 般逼来。

在那颗心的里面，或许，它想的是艰困的事，

雷达波的事。在那些事里，

或许有时候是要交给发现来裁决的。

　　这里使用了一个事物是另一个事物核心的递进式技巧。与第一句诗的意义相呼应。在此过程中，我觉得我找到了人与事、人与自然、人与诗的新型关系，也就是它们间彼此相通、相融的关系。关于人与诗，我想多说两句。实际上，我觉得诗是大于人的关系的。这里不谈人的局限，就是说人和人思考到的诗是相等的。然则，即使是此情境下，我还有一个疑问，假设诗是一个总体，而人在自然万物中只是一个小小的环，一个小我；人可以思考到诗，与人平行的事物，这些事物，它们中的一个，可以思考到诗吗？如果哪一天它也思考到诗呢，这是不是比我们现在理解的诗或诗的观念更为广阔呢？所以，我觉得我们对诗来说，是陌生者，是闯入者。这里所说的新型关系仅仅是一种与文体平衡的和谐关系，即既找到了大脑与语言、语言与词、词与事物相遇的快乐，又发现了上句与下句神秘相通的小道。

　　在处理手法上，我尽可能诙谐地处理诗中的句子。我一直认为，诗句的最高境界还是要诙谐。当你的诗诙谐起来，你探讨的问题就不会显得那么沉重，你诗中的智慧就

不会显得做作与说教。写这首诗的过程中,其实是有个小转弯的,在这里我谈到了萤火虫这种"冷火",但它到底是什么我并不知道,我就此展开臆想与虚构:"如果有一种冷火就好;这样,/可以放在手心,或者胸前。""江湖传说中有一种冷火,/可以救人于心难。心难,/这都是无法证明的东西。"这是一段近似偏狭的虚构议论。但它似乎与我们人类的心灵相映照。在个体的心中,谁不渴望有一支区别于过去、会灼热人的身体的明灯呢?由此,由荧光我想到了冷火。我是出于这种经验展开联想的。在这里,冷火的出现,不但不对文本构成伤害,反而是一种强化与丰富,甚至是一种知识。从文体上,它也与要表达的主旨形成一种默契与互证。写完这首诗后,我觉得自己的心神相当通透,觉得与天地相通。